www.rily.co.uk

Cyhoeddwyd gan Rily Publications Ltd 2021

Rily Publications Ltd, Blwch Post 257, Caerffili CF83 9FL
Hawlfraint yr addasiad © Rily Publications Ltd 2021

Gan fod llawer o rigymau yn y testun gwreiddiol, addasiad yn hytrach na
chyfieithiad yw'r testun Cymraeg.

*As there is a great deal of rhyming in the original text, the Welsh text is an
adaptation rather than a translation.*

Addasiad gan Elinor Wyn Reynolds

Cyhoeddwyd gyntaf yn Saesneg yn 2020 dan y teitl *Dream Big!* gan
Imagine That Publishing Ltd, Tide Mill Way, Woodbridge, Suffolk, IP12 1AP.

ISBN 978-1-84967-608-3

Argraffwyd yn China

Mae'r cyhoeddwr yn cydnabod cefnogaeth ariannol Cyngor Llyfrau Cymru.

Breuddwydia'n Fawr!

Bodhi Hunter

Louise Ellis

Addasiad Elinor Wyn Reynolds

Mi fedri di wneud *unrhyw beth*
– mae'r cyfan o fewn dy allu.

You can do *anything* – put your mind to it,

*Breuddwydia'n FAWR – **cred** ynot ti dy hun,*
ac mi fedri!

*Dream BIG – **believe** that you can do it!*

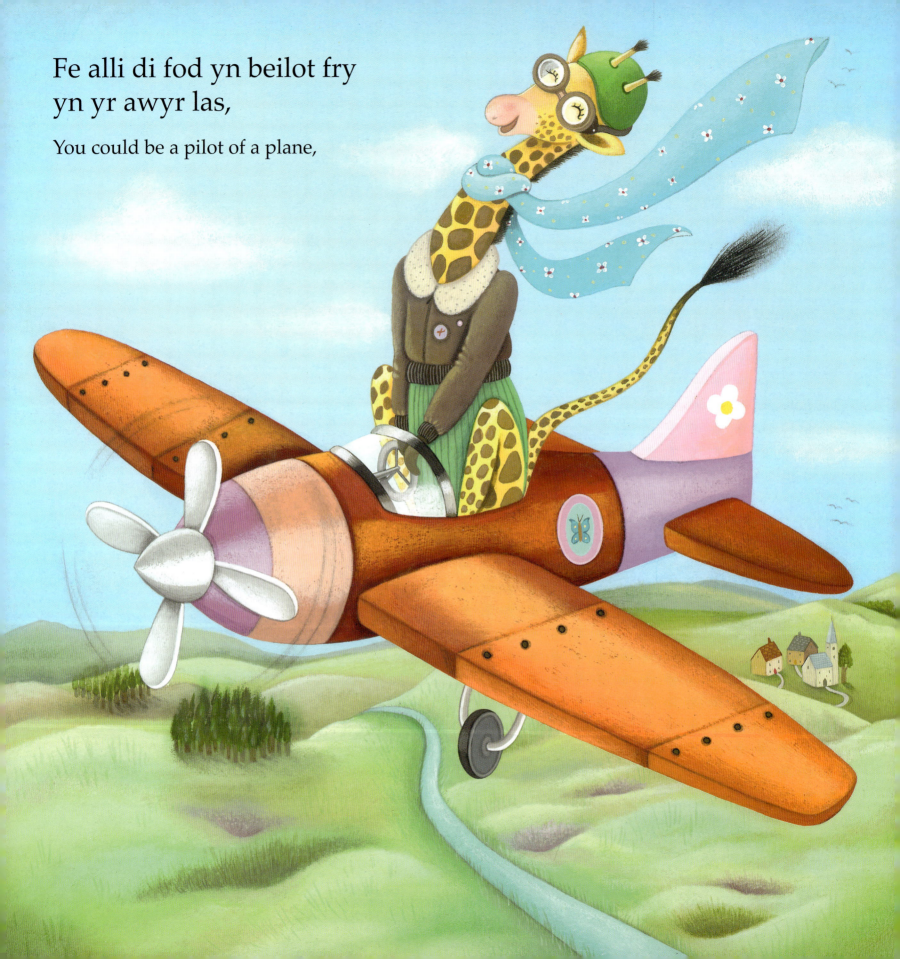

Fe alli di fod yn beilot fry
yn yr awyr las,

You could be a pilot of a plane,

neu ddysgu gyrru trên,
a hwnnw'n mynd ar ras.

or learn to drive a high-speed train.

Fe alli di fod yn ddoctor neu'n athro yn yr ysgol,

You could be a doctor or a teacher,

$9 \times 7 = 63$

$2 + 6 = 8$

neu'n rhywun sy'n darganfod
creadur newydd, hudol.

or find an
undiscovered creature.

Fe alli di fod yn wyddonydd peniog

You could be a clever scientist,

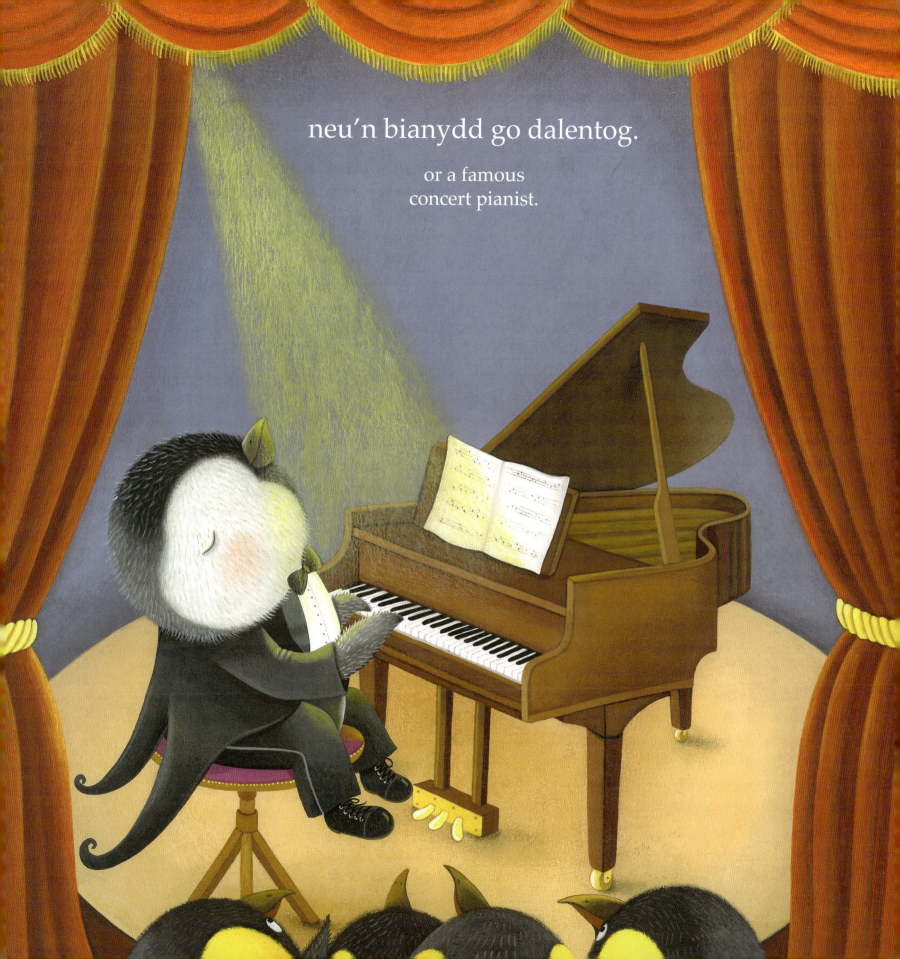

neu'n bianydd go dalentog.

or a famous
concert pianist.

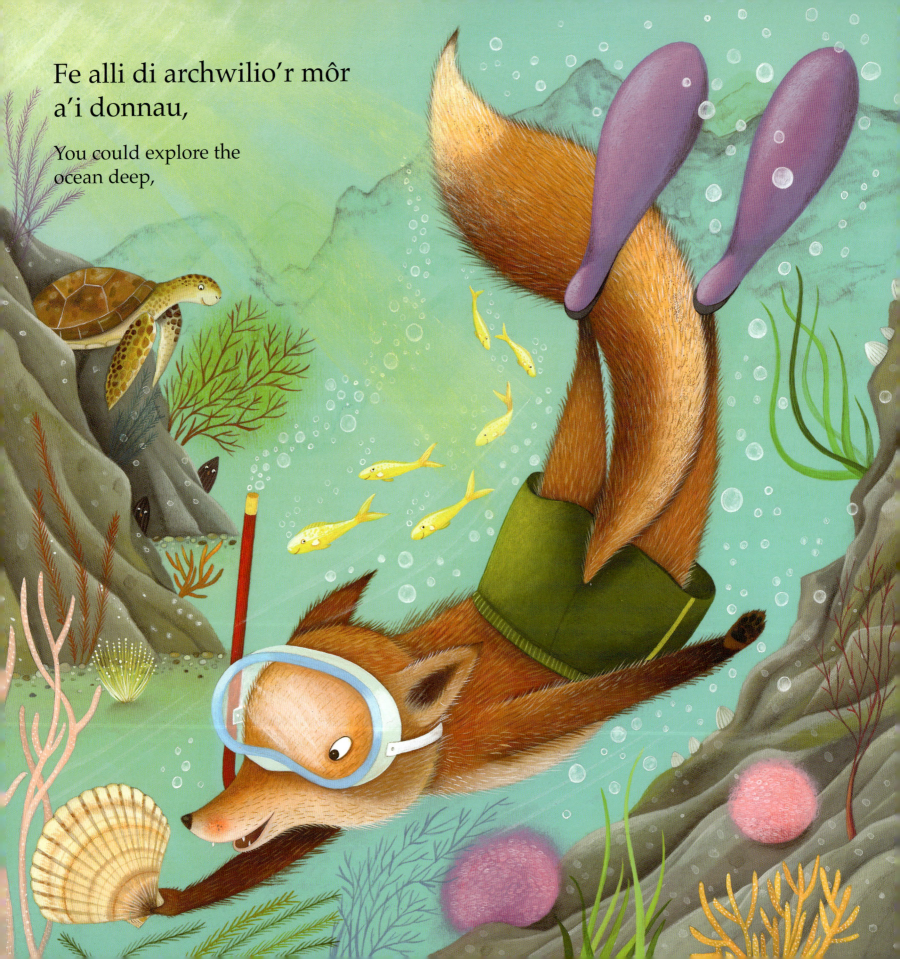

Fe alli di archwilio'r môr
a'i donnau,

You could explore the
ocean deep,

neu gloddio dan gastell
at ei seiliau.

or excavate a castle keep.

Fe alli di fod yn
beiriannydd craff

You could be an engineer,

neu'n heddwas sy'n helpu i'n cadw'n saff.

or join the police as your career.

Fe alli di weithio ar safle adeiladu,

You could work on a construction site,

neu'n arwr sy'n atal tân
rhag lledu.

or be a hero and firefight.

Fe alli di fod mewn ffilm neu ar
y llwfyan yn actio,

You could act in movies and on TV,

neu'n gwibio'n ysgafndroed gan swyno pawb
wrth ddawnsio.

or dance on stage for all to see.

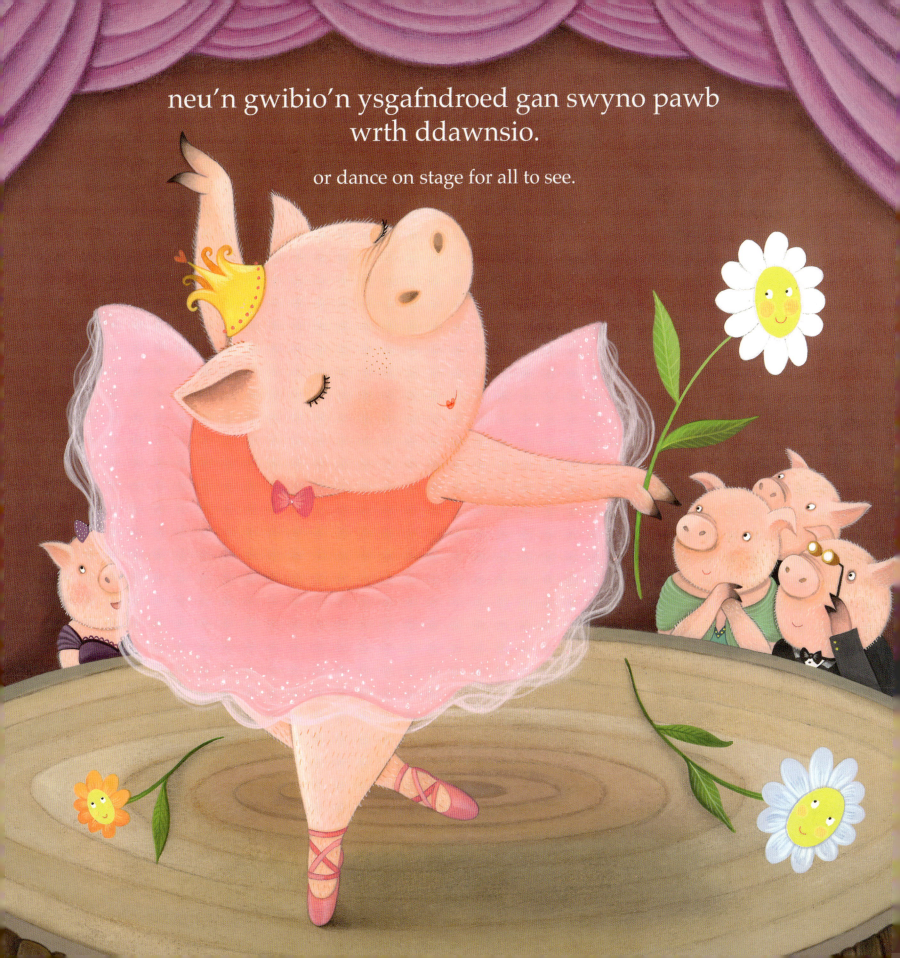

Fe alli di chwarae mewn band
yn llawn egni,

You could play music
in a band,

neu yrru llwyth ar draws
gwlad mewn lorri.

or drive freight across the land.

Fe alli di astudio'r gyfraith a dysgu sut mae helpu,

You could study law and do good deeds,

neu bod yn awdur llyfrau plant
sy'n hoff o adrodd stori.

or write great books for
kids to read.

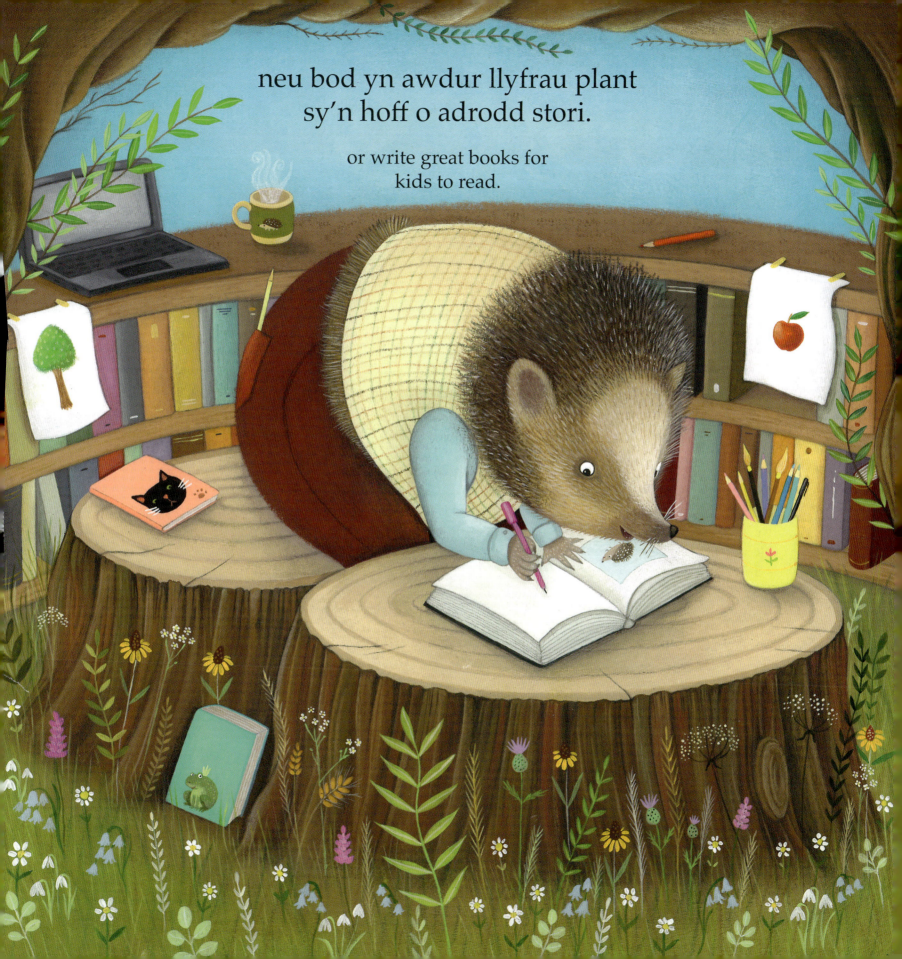

Fe alli di hedfan i'r gofod
ymhell i'r entrychion,

You could fly up into outer space,

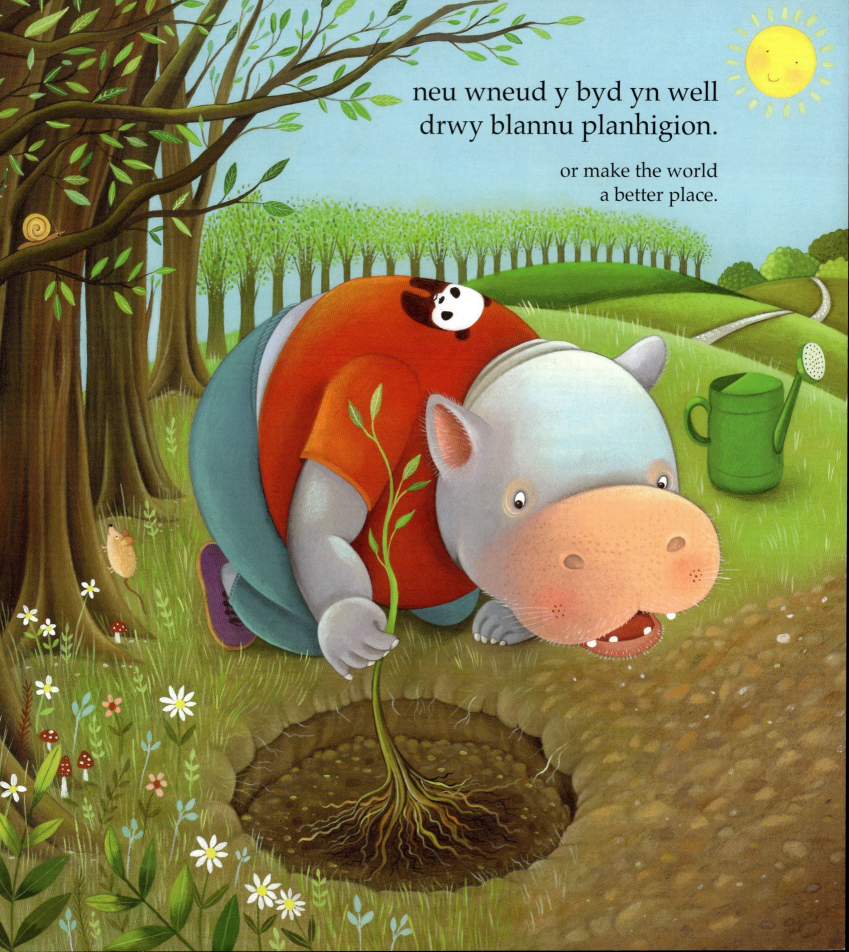

neu wneud y byd yn well
drwy blannu planhigion.

or make the world
a better place.

Breuddwydia'n FAWR – dyma ddechrau dy daith!

Dream BIG – believe that you can do it!